特別的家人

卓瑩 著

U0060877

新雅文化事業有限公司
www.sunya.com.hk

目錄

人物介紹

高立民

班裏的高材生，為人熱心、孝順，身高是他的致命傷。

文樂心
(小辮子)

開朗熱情，好奇心強，但有點粗心大意，經常烏龍百出。

江小柔

文靜溫柔，善解人意，非常擅長繪畫。

胡直

籃球隊隊員，運動健將，只是學習成績總是不太好。

黃子祺

為人多嘴，愛搞怪，是讓人又愛又恨的搗蛋鬼。

周志明

個性機靈，觀察力強，但為人調皮，容易闖禍。

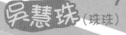

吳慧珠（珠珠）

個性豁達單純，是班裏的開心果，吃是她最愛的事。

謝海詩（海獅）

聰明伶俐，愛表現自己，是個好勝心強的小女皇。

第一章 藍天電視台開播了

班上的同學都覺得今天的周會很不尋常。

徐老師並沒有如常地安排他們到禮堂去，而是忙進忙出地張羅着電腦

和投影機，看來是預備要播放什麼，讓大家都滿懷期待地低聲討論起來。

文樂心的眼珠骨碌碌地追隨着徐老師，興奮地低語：「難道老師是要播放電影嗎？」

「別做白日夢了！」高立民嘻嘻一笑說：「說不定老師是要來個突擊測驗呢！」

文樂心不滿地瞪他一眼：「測驗又怎

麼會用投影機？你老是愛嚇

人，真可惡！」

不一會，謎底揭開了。

徐老師開啟了電腦和投影機，白

色的布幕上出現了一個人影。而這個

人影不是別人，竟然就是大家都熟悉

不過的——羅校長！

羅校長坐在印有「藍天電視台」

的布景板前，笑容滿臉地對着鏡頭

說：「各位同學，相信大家看到我身

後的這塊布景板，便能猜出個大概

了。沒錯，我們籌備多時的校園電視

台，今天正式啟播了。我現在身處的

地方，正是我們的錄影室。」

　　羅校長語氣一頓又說：「為了隆

重其事，學校決定舉辦一場『最佳節目選拔賽』作為開台的第一個節目，歡迎大家自由組隊參加啊！」

「太棒了，我們終於有自己的電視台呢！」同學們齊聲歡呼。

文樂心更是雀躍萬分，周會才剛結束，便旋即輕拍前座的江小柔說：「小柔，我們一起參加好嗎？」

「好啊！」江小柔不假思索便答應，但隨即又遲疑起來：「不過，我只想擔任幕後工作，可千萬別要我對着鏡頭，我會發抖的！」

鄰座的吳慧珠趕緊舉手道：「讓

我來吧，我做什麼也無所謂的！」

　　高立民見她們像湊熱鬧似的，忍不住出言提醒：「小辮子，你們還是先考慮清楚，你們懂得製作節目嗎？」

　　「這……」她們一時之間都啞住了。

旁邊的黃子祺嗤笑一聲說：

你們女生就是太天真，也不衡量一下自己的能力！

謝海詩一抬下巴：「就是因為不懂，便更應該藉此好好學習，才不枉校長的一番苦心，不是嗎？」

周志明「嘿」的一聲，搖頭擺腦地說：「學習當然沒問題，但也要看看資質吧？免得白白浪費資源啊！」

文樂心一躍而起，生氣地質問：「你這是什麼意思啊？」

吳慧珠也氣惱地說：「我們不懂，

難道你們就懂了嗎？」

　　對於製作節目這回事，其實黃子祺也是一竅不通，但愛面子的他仍然繼續吹噓：「你們忘了我爸爸是電視台的新聞記者嗎？對於節目製作，你們誰能比我更清楚？」

　　吳慧珠不以為然地努了嘴，說：

「那又如何？你爸

爸懂的事，不代表你也懂。」

　　黃子祺昂一昂頭說：「至少我有爸爸當軍師，怎麼說也總比你們好吧？」

　　謝海詩倒是氣定神閒地對她們說：「創作節目講求的是創意和心思，技術只是次要。我們好好努力贏得獎盃，便能證明我們的實力，又何須跟他們多費唇舌？」

文樂心、江小柔和吳慧珠連連點頭說：「沒錯！」

　　本來沒打算參加比賽的黃子祺聞言，立刻被激起了鬥志，握緊拳頭，向海詩作出挑戰：「好！我就跟你比一比，讓你輸得心服口服！」

　　謝海詩頭也不回地回應：「好呀，我期待你的大作！」

第二章　你是我的福星

既然接下了黃子祺的戰書，謝海詩便坐言起行，下午匆匆吃完午飯，便跟文樂心、江小柔和吳慧珠圍坐在一角，開始構思節目。

　　「低年級的同學不是都很喜歡聽故事嗎？不如我們演一齣劇吧？」文樂心提議。

　　謝海詩猶豫地說：「這是一個將會在全校公開廣播的節目，如果我

們只迎合低年級同學的話，高年級的同學會感到很沒趣吧？」

　　吳慧珠目光閃閃地說：「依我看，做飲食節目便是最佳選擇，做節目的同時還能大飽口福，不是最完美嗎？」她越說越起勁，好像眼前正放着滿桌佳餚似的。

看到珠
珠這個貪
吃的樣子，
文樂心搖搖
頭笑說：「你果
然是個不折不扣的饞嘴
鬼，凡事都能跟『吃』扯上關係。」

　　吳慧珠吐了吐舌頭，笑道：「『民
以食為天』嘛，這又有什麼不好？」

　　謝海詩托了托眼鏡，沒好氣地
說：「可惜像你這樣愛吃的同學並不
多，其他人未必會對飲食節目感興
趣。」

吳慧珠努了努嘴説：「就是這樣才能不落俗套嘛！」

　　江小柔的眼珠靈活地一轉，道：「要不我們報道校園新聞吧？同學間的趣事應該會很有趣呢！」

　　「報道新聞不是不好，但如果僅僅報道校園趣事，似乎沒什麼特色。」謝海詩思量着説。

　　「你們這樣挑三揀四，要何年何

月才能真正落實啊？」文樂心有些悶悶不樂，用食指無意識地繞着小辮子轉圈圈。

謝海詩張開口想說些什麼，但隨即自覺不太可行，便又閉嘴不語。

事情往往都是欲速不達，她們苦思了大半天也沒什麼成果，都不禁唉聲歎氣，剛才的士氣一下子全跑光了。

然而，謝海詩並不願意輕易放棄，回家後腦筋仍在轉啊轉的，即使已經完成所有功課，也不像平日那樣纏着外傭莎莉姐姐，而是呆呆地伏在書桌前沉思。莎莉姐姐端着一碗熱湯走進睡房來，叮囑她待湯放涼一點再喝，卻見

她完全一動不動的毫無反應，不禁關心地問：「詩詩，你怎麼了？身體不舒服嗎？」

　　自從謝海詩出生的那天開始，莎莉姐姐便一直陪在身邊，
把她照顧得無微不至。

在海詩的心目中，她就是天上的星星，時刻照耀着她，陪伴着她。

見到莎莉姐姐一臉擔憂的樣子，海詩趕緊笑着解釋：「沒什麼，我只是在苦惱應該製作一個怎樣的節目，才最能吸引同學。」

　　她當下便把她們午飯時討論過的
建議，都一一告訴了莎莉姐姐。

　　莎莉姐姐聽完她的話後，靈機一
觸地問：「同學們會對我們這些外傭
姐姐的日常生活感興趣嗎？」

　　謝海詩一聽，本來有些洩氣的

她腦筋開始急轉，喜滋滋地拍一拍手說：「對啊，許多同學家中都聘請了外傭，每天像家人一般朝夕相處，相信必定會想多了解她們吧？」

　　莎莉見海詩認同自己的建議，高興地拍拍胸口說：「如果你們對這個主題有什麼疑問，儘管來找我！」

　　謝海詩興奮地跳起身來，擁着莎莉姐姐，感激地連聲說：「謝謝你，你真是我的福星呢！」

第三章　親切的姐姐

　　翌日，當海詩一踏進教室，便
見到黃子祺和周志明正拿着一本書，
賣力地向大家推銷着：「我們即將

為你們精心炮製的節目就是——《雙星故事》！我們將會以惹笑的方式講故事，保證一定讓你們笑破肚皮！」

謝海詩交叉着雙手，看戲似的站在旁邊笑着說：「只不過是說說故事，有什麼稀奇的？」

黃子祺忽然回頭，瞪着她反問：「難道你有什麼更了不起的點子嗎？」

「那當然！」謝海詩傲然地托了

托眼鏡，朝他神秘地一笑說：「不過，我可不會告訴你。」

　　文樂心、江小柔和吳慧珠聽到海詩的說話後，驚喜地跑過來問：「海詩，你想到什麼好主意了嗎？」

　　謝海詩朝她們做了一個噤聲的手

勢，然後拉着她們走到教
室一角，確定周圍並沒
有其他人後，才湊過去
跟她們耳語起來。

　　黃子祺輕蔑地一
笑：「別故弄玄虛了！
任憑你們怎麼想，又能想出
什麼驚天動地的點子來？即使想
得到，你們有信心做好嗎？」

　　謝海詩不慍不火地朝他笑了笑，
胸有成竹地說：「那麼你就拭目以待
吧！」

　　文樂心聽說是以外傭為主題後，

目光一亮：「唔，聽起來很吸引呢！我家雖然沒有外傭姐姐，但每天放學都會見到她們一大羣的在校門外等候，其實早就對她們好奇得很了！」

「是啊，我也很想知道她們為什麼要離鄉別井工作。」江小柔也接着說。

吳慧珠歪了歪頭，笑嘻嘻地說：「我倒是對她們的家鄉菜特別感興趣，如果有機會，

我也想向她們請教呢！」

　　謝海詩見大家都贊成，滿意地點頭：「很好，那麼我們便開始着手製作吧。」

　　從來沒有影片製作經驗的吳慧珠覺得有點無從入手，不禁搔搔頭問：「可是，我們該如何開始？」

　　文樂心撓着小辮子，想了想說：「現在的首要任務，應該是設定節目的模式吧？」

　　謝海詩早已心裏有數，擺擺手

說：「沒有什麼比播放採訪片段更直接、更真實吧？」

「但是我們可以訪問誰呢？該不會在街頭隨便找一個外傭吧？她們會願意嗎？」江小柔疑惑地問。

謝海詩拍了拍胸膛，笑說：「你們不必擔心，其實這個主意是我家的

莎莉姐姐想出來的，她必定會很樂意接受我們的訪問。」

　　大家都喜出望外：「真是太好了！」

　　在接下來的星期天，謝海詩趁着莎莉姐姐放假，便相約她在一間快餐店跟文樂心等人碰面。

　　大家對於這個訪問都很用心，不但預先把訪問的內容設定好，負責錄

影的吳慧珠還問爸爸借來專業的照相機，務求可以把節目做得盡善盡美。

　　當謝海詩挽着身穿淺紫色薄紗長裙、頭戴紗巾的莎莉姐姐，言談甚歡地走進快餐店時，大家都不免注視着她。

　　只露出一張臉孔的她，臉上時刻透着一絲笑意，好像沒有任何事情能令她煩心似的，給人一種成熟穩重的可靠感覺。

遠遠看到莎莉姐姐的笑臉，江小柔便打從心底裏喜歡她：「莎莉姐姐看起來很親切呢！」

文樂心則目不轉睛地盯着她的薄紗裙子，一臉羨慕地說：「她這身印着碎花圖案的裙子，跟她古銅色的膚色真搭配！」

莎莉姐姐來到桌前，爽朗地跟大家揮揮手說：「你們好，我是莎莉。」

經過一輪簡單的互相介紹後，吳

慧珠迫不及待地舉起照相機，擺出預備錄影的模樣。

文樂心也不慌不忙地把早已準備的問題紙，遞到她的面前，有條不紊地說：「莎莉姐姐，謝謝你接受我們的訪問，接下來我們會就以下的問題跟你進行錄影採訪。」

莎莉姐姐落落大方地笑說：「好呀，沒問題。」

於是，莎莉姐姐便對着鏡頭，從對談中，開始細訴自己的故事：「我的家鄉在印尼一個窮困的小村落，父母以耕作為生，由於家中弟妹眾多，生活十分清苦。為了讓弟妹都能上學，身為大姊姊的我便肩負起重擔，越洋來到這裏工作了。」

「你的第一份工作是怎樣的？」江小柔接着問。

莎莉姐姐望了望謝海詩，嘻嘻一笑說：「我的第一份工作就是詩詩的家啊！當時她還是個剛出生的小嬰兒，整天咧着嘴笑，很可愛的。那時先生太太都很忙，我為了照顧她忙得不可開交，還犧牲了不少假期，也沒怎麼欣賞過香港的景色呢！」

向來不苟言笑的謝海詩，小時候居然是個逗笑寶寶，大家都感到詫異極了，正要追問下去，謝海詩已紅着臉抗議道：「哎喲，好端端的你怎麼就提起這些往事呀！」

　　就在這時，前方有人大喊：「嗨，莎莉！」

第四章 精心傑作

　　當莎莉專心地接受她們的訪問時，忽然聽到有人叫喚她，回頭一看，只見有兩位同樣穿着印尼服裝的少女，正站在快餐店門前熱烈地跟她招手。

莎莉驚喜地拉着她們來到孩子面前，笑呵呵地為大家介紹：「她們都是我的同鄉姐妹，艾美和寶兒。」

艾美的樣子很文靜，腼腆地朝大家微微點頭，語調輕柔地說：「你們好。」

寶兒則長着一張微胖的娃娃臉，笑起來眼睛眯成一條線，開朗地揮揮手說：「大家好，我是寶兒。」

雖然是兩個完全不同性格的人，但都十分親切友善，大家對她們都心生好感，連忙讓出位置，熱情地招呼她們道：「先坐下來再說啊！」

謝海詩更趁機來個順水推舟：「兩位姐姐，我們正在為莎莉姐姐做訪問呢，不如你們也一起加入吧，好嗎？」

她們呆了一呆，抬眼向莎莉投出疑問的目光，莎莉隨即會意地笑着解釋：「其實沒什麼，孩子們在學校做的一個節目，邀請我們談談在這兒的生活情況，你們大可暢所欲言。」

有莎莉姐姐這一句，她們頓時放鬆下來，寶兒首先對着鏡頭，豪爽地笑着攤攤手：「離鄉別井來到這兒工作，當然是為了多賺錢啦，哈哈！」

她停了一停，才又嚴肅地補上一句：「其實我是想到外面的世界闖一闖，希望能創一番事業。」

　　艾美起初不太習慣面對鏡頭，顯得有些拘束地笑笑說：「我可沒有寶兒的雄心壯志，我只想多賺點錢，將來回去蓋一幢房子，讓家人能有較安穩的生活，便心滿意足了。」

　　江小柔見她們比自己不過年長十年八載，卻已能肩負起家庭的重任，不禁由衷佩服，說：「你們真勇敢啊，如果換作是我，必定沒有這個膽量呢！」

「你們一定很想念親人吧?」文樂心同情地說。

寶兒努努嘴,伸手扮作抹眼淚,說:「那當然了,我們孤身一人來到異地工作,該有多可憐啊!」

「你別裝了,你們都比我幸福得多呢!」莎莉白了她一眼,接着說:「想當年我剛來到這兒時,還未流行用智能手機,要跟相隔千里的

50

家人聯絡，便得打昂貴的長途電話。為了省錢，我每次只能簡短地報個平安便匆匆掛線，哪像你們現在可以無時無刻用視頻通話，距離近得好像沒有離開過似的！」

寶兒吐了吐舌頭，說：「也對啊，現在我們放假時的最佳節目，就是用視頻直播呢！」

捧着照相機的吳慧珠好奇地問：「除了視頻直播外，你們還會有什麼活動？」

　　艾美高舉雙手擺出一個發球姿
勢，說：「我們最喜歡打排球了。」

　　寶兒搭着她的肩膀，笑嘻嘻地補
充：「我們組織了好幾支排球隊，每
個月都會定時舉行賽事呢！」

　　文樂心驚訝地喊：「沒想到你們
的活動那麼健康啊！」

　　「我們還會不時帶着自製的食

物，到戶外野餐呢！」艾美有些得意地笑笑。

一提到「吃」，吳慧珠馬上精神一振：「你們會做什麼美食？可以教教我嗎？」

「當然可以啦！」艾美笑着點頭。

大家對於這個話題都很感興趣，你一言我一語地搶着說，完全忘記了正在進行採訪錄影，連最害羞的艾美也不再介意面前的鏡頭了。

就這樣，她們在一片歡樂的笑聲中，為這個專訪劃上完美的句號。

由於距離截止報名的日子不遠了，謝海詩回到家後，便馬不停蹄地把錄影的片段放到電腦中，開始進行剪輯工作，在旁的莎莉姐姐也會不時提出修改建議。

　　謝海詩接連忙了好幾天後，終於在截止報名前的那天晚上，做出了滿意的「傑作」來。

　　謝海詩思考着說：「該為節目起

一個什麼名字呢？」

　　莎莉姐姐靈機一觸地說：「不如叫《來自他鄉的姐姐》，好嗎？」

　　謝海詩振臂歡呼一聲，然後上前擁抱莎莉姐姐，連聲誇道：「謝謝莎莉姐姐，你真厲害！」

　　莎莉姐姐被她的甜言蜜語哄得笑逐顏開，輕摸一下她的頭說：「你這個長不大的孩子，怎麼還這麼黏人啊！」

第五章　她是最好的

這天早上一睜開眼睛，謝海詩便聽得媽媽在嘮叨：「滿桌子亂七八糟，一點女兒家的樣子也沒有，真不像話！」

海詩還來不及反應，在客廳張羅着早點的莎莉已經跑進來了，一臉抱

歉地說：「太太，對不起，詩詩昨夜拜託我幫她收拾的，是我忘記了。」她邊說邊俐落地動起手來，三兩下子把桌子整理乾淨。

謝媽媽明白她是在袒護海詩，但又不好道破，只好瞪了海詩一眼，說：「詩詩，你已經長大了，該學習管理自己，不能總是依賴別人啊！」

謝海詩吐一吐舌頭，急忙地閃身逃進浴室，當經過莎莉姐姐身旁時，還不忘調皮地朝她會心一笑。

回到學校後，文樂心、江小柔和吳慧珠一看到海詩便立刻迎上前來，迫不及待地追問：「海詩，今天是最後限期了，影片已順利完成了嗎？」

謝海詩得意地拍一拍書包：

我辦事，
你們放心好了！

她打開書包，預備取出她的「傑作」給大家看看，可是即使她把書包翻了個底朝天，也找不到那支儲存了錄影節目的記憶棒。

她心頭一涼，不斷回想：怎麼會沒有呢？我昨夜完成最後的修正後，還跟莎莉姐姐一起看呢！

霎時間，她想起來了。必定是她興奮得忘了形，忘記把記憶棒放回書包呢！

「真的沒有帶回來嗎？」文樂心怎麼也沒想到，向來小心謹慎的海詩，居然也會有粗心大意的時候。

吳慧珠也着急起來：

怎麼辦？
今天中午便
截止報名了！

她的對手黃子祺聽了，忍不住幸

災樂禍地笑道：

海獅，你該不會是
害怕輸給我，所以
才故意不把參賽的
影片帶回來吧？

如果是平日的謝海詩一定饒不了

他，但此刻的她早已急得團團轉，根本沒閒心再搭理他。

　　胡直見向來淡定的謝海詩一臉六神無主的樣子，有些不忍地插嘴：「這有什麼難呢？到校務處打個電話，請家人拿來不就可以了嗎？」

　　「對，我現在就去！」謝海詩被他一言驚醒，連忙把書包一扔，轉身便想往外跑，偏偏這時，上課鈴聲響

起來了。

胡直聳了聳肩說：「真不巧！你這個電話，看來要等到下課後才能打了。」

江小柔悄聲地跟文樂心說：「海詩的家住得遠，從家裏出發到學校要一小時的車程，如果小息後再打就趕不及了！」

謝海詩自然也明白這一點，不禁既懊悔又不甘，連眼睛都急得紅了：「怎

麼辦？我們辛辛苦苦做了這麼久的節目，難道就這樣白費嗎？」

突然，一個熟悉的身影站在教室門外，向她揮着手。

眼尖的文樂心指着那個身影，驚訝地大喊：「海詩，這不是莎莉姐姐嗎？」

沒錯，這個人正是莎莉姐姐。

她大踏步地走上前，在海詩眼前晃動一支記憶棒，笑説：「你這個烏龍大王，怎麼連這麼重要的東西都能忘記？幸好我剛才打掃時發現了，否則你必定後悔莫及呢！」

看着莎莉姐姐的笑臉，謝海詩眼眶裏那些焦急的淚光，瞬間轉化成感動的淚光：「莎莉姐姐，你真好！」

莎莉姐姐慈愛地輕點一下她的鼻頭，取笑說：「哎喲，你向來不是很勇敢的嗎？怎麼為了一丁點小事就哭鼻子了？」

謝海詩趕緊抹乾眼淚說：「胡說！我哪有哭了？」

見到謝海詩跟外傭姐姐感情這麼要好，周志明托着頭，一臉羨慕地說：「海詩的外傭姐姐對她真好，如果換作是我，我的外傭姐姐是不是也會這

樣做呢？」

　　黃子祺不高興地嘟起嘴說：「這算得了什麼？小時候，我有一次在凌晨時分忽然發高燒，當時只有外傭姐姐在家，附近又沒有的士，她便毅然背着我走了很遠的路才到醫院，還留下來陪了我一個晚上呢！」

　　聽他口沫橫飛地說着陳年往事，周志明只好乾笑着點頭：「對對對，你家的外傭姐姐最好了！」

第六章 最新奇的節目

最近的早會，老師都會輪流播放參賽的節目，讓所有同學評分，並定時把各參賽者所得的總分，貼在公告欄上。

參賽節目的內容非常多樣化，有表演朗誦的、演奏樂器的、唱歌的，甚至連魔術表演都有，令往常只有老師訓話聲的早會時段，變得非常熱鬧。

這天中午，老師張貼了目前已播放的節目評分，即時引來一眾同學圍觀，即將播出節目的謝海詩、文樂心、江小柔和吳慧珠更是着急地上前查看。

文樂心好不容易擠上前，一看到評分表，便驚訝地喊：「嘩，昨天的小提琴二重奏表演得到了九十分，暫時名列第一呢！」

江小柔吃驚得差點説不出話來：「九十分……」

「呦！」黃子祺一揮拳頭，得意洋洋地拉着周

最佳節目選拔賽評分

1. 小提琴二重奏   90

2. 雙星故事   88

3. ～～～～～   ～

4. ～～～～   ～

5. ～～～～   ～

6. ～～～～   ～

志明說：「你看，我們的《雙星故事》有八十八分，排名第二呢！」

「那當然，我們這對『智多星』組合，可不是浪得虛名呢！」周志明高興地跟黃子祺一擊掌。

謝海詩臉色一暗，心裏有些不安地想：不是吧？難道這次我們真的會輸給他們？

　　吳慧珠看不慣黃子祺和周志明那
張得意忘形的嘴臉，忍不住澆他們冷
水道：「你們的故事演說的確很精彩，
可惜現在不是故事演講比賽，而是最
佳節目選舉，評分是以節目的創意和
質素為標準的。」

　　黃子祺驕傲地昂一昂頭說：「就
是因為我們的節目質素高，才能得到

八十八分，絕對不是僥幸啊！」

　　吳慧珠不服氣地抿一抿嘴，然後說：「這是同學的評分，只佔總評分的三分之一，老師們的評分還沒有計算在內呢，他們的眼睛可是雪亮的啊！」

　　本來有些動搖的謝海詩，馬上回復自信地說：「沒錯，我們的節目還未播出，到底冠軍誰屬還是未知之數呢！」

來自他鄉的姐姐

黃子祺滿不在乎地呵呵笑道：
「那麼我們就等着看你們的『好戲』
啊！」

　　《來自他鄉的姐姐》終於播出
了，當同學們看到節目中的莎莉、艾
美和寶兒的訪問後，都被她們的故事
吸引住了。

　　胡直感到詫異地直嚷嚷：「原來
外傭姐姐放假時不會只待在公園，還

會組織排球隊、遠足等有益身心的活動啊！」

高立民也有同感地點點頭：「是啊，真是出乎意料呢！」

她們的節目瞬即在校園間引發起討論的熱潮，許多同學也因此而對自己的外傭姐姐多了一分了解和關心。

兩星期後的一個早會，羅校長再次透過校園電視台的直播，向大家公布比賽成績和「最佳節目創作獎」的得主，而這個獎項正是由謝海詩、文樂心、江小柔和吳慧珠合力製作的《來自他鄉的姐姐》所奪得。

當聽到校長說出她們的名字時，她們雀躍得歡呼起來，同學們也熱烈地拍掌叫好。

　　徐老師沒有制止大家，還讚賞她們：「做得很好，你們要繼續努力啊！」

　　謝海詩向徐老師報以微笑，還暗中朝黃子祺示威地抬一抬下巴，氣得黃子祺憤怒地轉過身去。

最佳節目創作

晚上回到家裏，她第一時間便衝進廚房，向正在忙着做飯的莎莉姐姐報喜。

手握鍋鏟的莎莉姐姐正站在灶頭前炒着菜，突然聽到海詩獲勝的消息，興奮得高舉雙手喊：「耶，萬歲！」

謝海詩親暱地挽着她的臂膀，感激地笑說：「這次我們能勝出，全都是你的功勞呢！」

莎莉姐姐急忙擺手：「我只不過跟你們聊個天，算什麼功勞呢？」

謝海詩不待她把話說完，便迫不及待地搶着說：「我不管，反正無論是為了慶祝我們獲勝，還是為了答謝你的幫忙，我都要爸媽讓我們一起去玩一天！」

莎莉姐姐

歪着頭望了海詩一眼，
會意地說：「我看
你啊，說要答謝我
是假的，想藉此玩個
痛快才是真的吧？」

　　被看穿了的海詩，擺出一副理直
氣壯的樣子說：「我們努力了這麼久，
當然要輕鬆一下呀！」

　　莎莉姐姐笑問：「那麼你想去哪
兒玩呀？」

　　「秘密！」謝海詩輕托眼鏡，故
作神秘地一笑後，便轉身跑到客廳找
媽媽商量去了。

第七章 願望達成

　　一個周末的早上，謝海詩、文樂心、江小柔、吳慧珠和她們的媽媽，穿着整齊的運動裝，在一個位於山腳的涼亭會合後，便浩浩蕩蕩地沿着斜坡往上走，向着他們的目的地進發。

　　和煦的陽光，越過天空那身蔚藍色的輕紗，直照在眾人的

臉上和身上。

頭戴太陽帽和太陽鏡的吳慧珠，
只斜眼往空中一瞄，便好像被曬傷了
似的縮回去，提起掛在胸前的迷你電
風扇往自己的臉上吹，一個勁地

抱怨：「為什麼我們不舒舒服服地去看電影，卻非要來登山不可啊？」

文樂心望了一望她那身裝備，便忍俊不禁地說：

珠珠，你是要到沙漠去嗎？

吳慧珠認真地說：「你別小看太陽的威力，中暑可不是鬧着玩的！」

謝海詩沒好氣地說：「現在是秋意正濃

的十一月，哪來的中暑啊？」

陪着吳慧珠一起前來的吳媽媽倒是一臉享受地說：「我們這樣緩緩地沿着山路往上走，迎着陽光與秋風，真的很有詩情畫意啊！」

其他幾位媽媽也點頭附和：「對，這種天氣最適合登高了！」

莎莉姐姐笑着輕拍自己的背包，安撫吳慧珠道：「別擔心，我預備了許多美味的食物，保證可以令你保持精力充沛。」

吳慧珠目光剎時一亮：「真的？這裏面都是些什麼啊？」

莎莉姐姐呵呵一笑，然後開始耐心地逐一數說起來，吳慧珠興奮地和她邊走邊聊，不知不覺便就跟着大家一起展開了登山之旅。

其實她們走的這條山路已經相當平坦寬闊，沿途還能看到碧綠的大海，走着走着，她們漸漸適應過來，步伐變得輕快俐落得多，只走了一個多小時，便來到一個位於山腰、較寬闊的轉角處。

謝海詩蹦蹦跳跳地拉着莎莉姐姐走到一旁，然後往山下一指，像個導遊似的說：「你看，從這兒往下看，

便可以俯瞰整個維多利亞港的景色，
漂亮吧？」

　　「嘩，本來體積龐大的船隻和高
樓大廈，一下子都變成積木了，很像
一幅巨型的立體拼圖啊！」莎莉姐姐
十分驚喜，連忙舉起手機
拍照。

　　海詩接着又指向另一方説：「那座看來四平八穩的大廈，就是現時全港最高的環球貿易廣場了！」

　　文樂心看着她們，忽然有所領悟地點點頭：「我明白海詩為什麼要堅持來登高了！」

　　江小柔奇怪地問：「為什麼？」

文樂心嘿嘿一笑，說：「莎莉姐姐不是說過，她多年來也沒好好看過香港嗎？海詩一定是想達成她的願望。」

「嘩，要達成這個願望可真是充滿汗水呢！」吳慧珠喘着氣，盯着那似近還遠的山峯，為難地問：「那麼她們現在看夠了嗎？我們該不會還要繼續爬到山頂吧？」

「當然不會啦！」謝海詩不知什麼時候湊了過來，裝模作樣地托了托眼鏡，說：「以我的聰明才智，怎麼可能不知道大家的心思？放心吧，

再走不遠，便會有一大片既可野餐又可踏單車的大草地，保證可以玩個痛快！」

文樂心和吳慧珠頓時高興得手舞足蹈，異口同聲地喊：「那麼我們還等什麼？走快點啊！」她們隨即轉身，搶先跑在前方。

「等等我們啊！」江小柔和謝海詩緊隨其後。

剛走完一大段路的媽媽們早已累得不成

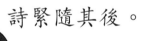

樣子，哪有力氣追上去？只能在身後喊：「你們別跑這麼快啊！」

可是，她們早已跑遠，喊了也是白喊，只能眼巴巴地看着她們越跑越遠。

謝媽媽無奈地搖着頭說：「這幾個孩子，體力倒是充沛得很！」

莎莉姐姐笑着安撫道：「別擔心，我來追她們吧！」

當媽媽們終於來到海詩口中的那片大草地時，四個女孩子早就每人騎着一輛租來的單車，在草地前方的空地上你追我逐，連莎莉姐姐也騎着車，跟她們歡樂地打成一片。

媽媽們都安心地笑說：「太好了，

我們可以趁機放鬆一下了！」

　　唯獨謝媽媽，當她見到女兒跟莎莉互相嬉鬧的樣子，看起來好像比她這個媽媽還要親厚，便莫名地妒忌莎莉了。

第八章 天下無不散之筵席

這天晚上，當謝海詩和莎莉入睡後，謝媽媽拉着謝爸爸躲在睡房裏，悄悄地跟他聊起來：「唉，想當初海詩出生後不久，我的工作便開始忙碌起來，根本分身不暇，不得已只好把海詩交託給莎莉照顧，無法多陪在她

身邊，錯過了許多寶貴的時光。現在回想起來，真是有點悔不當初啊！」

「那也是沒辦法的事。」謝爸爸一臉無奈地聳聳肩，接著說：「幸好我們能有莎莉這樣的好幫手，讓我們可以無後顧之憂，否則一定更手忙腳亂呢！」

謝媽媽也安慰地微笑說：「莎莉的確很好。不過，我覺得詩詩有時候太依賴她了。」

謝爸爸不以為意地笑笑說：「這也很自然吧！莎莉從小照顧詩詩，在詩詩眼中，莎莉就好像是她的半個媽

媽啊！」

　「正是這樣我才覺得為難。」謝媽媽語氣一頓，說：「莎莉的僱傭合約還有兩個月便會完結，該是時候跟她商談續約的事情了。可是，詩詩現在已經長大，我覺得也是時候讓她學習照顧自己

了。所以我在猶豫，到底是應該繼續跟她續約，還是乾脆由我自己親自出馬，當個全職媽媽呢？」

謝爸爸詫異地說：「你能放下你的高薪厚職嗎？況且，莎莉在我們家這麼多年，我們跟她早已像家人一樣，詩詩更是由她一手帶

大，根本離不開她。如果貿然把她們分開，未免太殘忍了。」

謝媽媽無奈地歎息一聲，說：「我也不想這樣，可是天下無不散之筵席，我們也不見得能永遠把她留在身邊啊！」

謝爸爸點點頭說：「你的顧慮是對的。不過詩詩現在還小，我擔心她承受不了這個打擊，我們還是多等兩年再說吧！」

「也好。」謝媽媽同意地點點頭。

第二天晚上，當謝媽媽正打算找莎莉商談續約的事時，沒想到莎莉忽然來到他們跟前，一臉嚴肅地說：「先生、太太，待現有的合約完結後，我打算回鄉去了。」

他們都非常驚訝地說：「什麼？」

原本安安靜靜地坐在旁邊溫習的謝海詩猛然抬起頭來，托了托眼鏡，

一臉迷惘地問：「回去？是要放假的意思嗎？」

莎莉的臉色立刻漲紅，顯得有些忸怩地低下頭，好一會兒才鼓起勇氣說：「不是放假，是要回去結婚。」

謝海詩笑了一笑，不相信地擺擺手問：「你一直都住在這兒，結什麼婚啊？」

然而，莎莉姐

姐並沒有像往常那樣跟她一起笑，只以一臉抱歉的表情，默默地看着她。

「是真的？」謝海詩的笑容剎時凝住了，只盯着莎莉姐姐，一句話也說不出來。

莎莉正要上前安慰，誰知她忽然從椅子上跳起來，氣呼呼地跑進自己的睡房，並隨即把房門關上。

「詩詩！」

謝爸爸、謝媽媽和莎莉都被海詩的反應嚇倒了，他們面面相覷，一下子也不知道該怎麼辦才好了。

第九章　海獅生氣了

　　第二天早上起牀後，謝海詩的心情似乎還未平服，把腮幫子鼓得脹脹的，完全默不作聲，令整個謝家的氣氛變得有些奇怪。

　　莎莉姐姐見她仍然在生氣，於是想盡辦法逗她笑，可惜她總是故意垂着頭，不願意理睬她，令莎莉姐姐束手無策。

　　謝媽媽對於女兒也無計可施，唯有好言安慰道：「詩詩，你不應該責怪莎莉姐姐的。我們這兒再好，畢

竟並不是她的家，她始終是要回去
的。」

早已憋了一肚子氣的謝海詩，終於忍不住哇哇地大哭起來，邊抹着眼淚邊説：「即使這樣，也不能説走就走嘛！」聽到她這哭聲，別説媽媽，就連莎莉也心疼不已。

回到學校後，謝海詩的心情仍然沒有好轉，整天悶不哼聲的樣子很令人害怕，同學們都不敢上前招惹她。

直至午飯時，吳慧珠忍不住走過來關切地問：「你怎麼啦？生病了嗎？」

正伏在桌子上發呆的謝海詩，沒精打采地抬頭看了吳慧珠一眼，然後說：「沒什麼，就是感到有點煩悶。」

向來堅強的謝海詩忽然如此，吳慧珠不禁吃驚地問：「發生了什麼事嗎？」

謝海詩托着頭，沮喪地說：「莎

莉姐姐要走了。」

　　吳慧珠聽不明白：「什麼意思？她剛才來過嗎？」

　　「走，就是離開我家，不再回來的意思啊！」謝海詩有點不耐煩地解釋。

　　前面的文樂心立刻轉過頭來，詫異地問：「她不是在你家工作很久了嗎？為什麼忽然要離開？」

　　江小柔也十分愕然：「對啊，是怎麼回事呀？」

　　謝海詩抿了抿嘴巴說：「她要回鄉結婚呢！」

　　黃子祺忍不住「嘿嘿」一笑，
說：「也許她結婚是假的，受不了你
的『公主病』才是真的呢！」

　　他以為謝海詩必定會憤然回嘴，

誰知她對他的話充耳不聞，完全沒有回應。難道她沒聽見嗎？正當他困惑地望向她時，才發現一行淚水正無聲無息地從她的臉上滑下來了。

黃子祺頓時慌張了。她怎麼了？

他不過是鬧着玩而已，海詩向來不是也喜歡這樣打打鬧鬧的嗎？怎麼忽然就生起氣來呢？

他有些手足無措，連忙從書包裏

找出一張紙巾遞了過去，尷尬地笑着
說：「別生氣嘛，我只是開個玩笑，
你怎麼就當真了？」

　　謝海詩接過紙巾，把臉上的淚水
抹去後，才抬頭白他
一眼說：「別自視
過高了，誰有
空生你
的氣？
我只是心裏難過
罷了。」

　　黃子祺立即如釋重負地舒了一
口氣，然後拍拍胸膛，裝出很仗義的

樣子說：「沒事，我們幫你一起想辦法！」

眾人都紛紛和應：「沒錯沒錯，我們支持你！」

文樂心提議道：「海詩，你不如去求她吧，莎莉姐姐對你那麼好，一定會答應的。」

高立民向她翻了個白眼說：「別

天真了，她再怎麼疼愛海詩，也不可能為了她而不結婚吧？」

大家沉默了。是的，莎莉姐姐的去留是她個人的決定，哪怕是她的至親也無法替她作主，更何況是跟她毫無血緣關係的海詩呢？

這麼簡單的道理，聰明的謝海詩又怎麼可能不明白呢？然而，她自小便跟莎莉姐姐在一起，事無大小都跟她分享，與她相處的時間甚至比媽媽還要多。她無法想像沒有莎莉姐姐的日子，自己會怎麼過。

第十章 難忘的時光

　　這天是周末，謝海詩不用上學，可惜爸爸媽媽要上班，家裏只剩下她和莎莉姐姐，偏偏莎莉姐姐又一直在廚房裏忙東忙西，根本沒空陪她，海詩只好一臉悶悶不樂地坐在沙發上，

連喜愛的電視節目也提不起勁看。

　　忽然間，一股香噴噴的味道從廚房裏傳出來。

　　謝海詩循着香味走進廚房一看，只見桌上放着一盤剛新鮮出爐的巧克力曲奇，不但香氣四溢，而且每塊曲奇的造型都不同，有熊貓、大象、米奇老鼠和吉蒂貓等，

樣子非常可愛。

「嘩，好像很好吃啊！」海詩忍不住喊。

這時，莎莉姐姐又再把另一盤曲奇從焗爐裏取了出來，笑着對海詩說：「來來來，這是我特意為你精心製作

的巧克力曲奇，快來嘗嘗！」

海詩雖然仍有點生她的氣，但看到眼前這些既可愛又可口的曲奇，她實在毫無抗拒之力，伸手拿起一塊曲奇吃起來了。

莎莉姐姐見她的心情好轉，就順勢開解她説：「詩詩，其實姐姐也很捨不得離開你呢！」

海詩心頭一暖，忍不住靠着莎莉姐姐的手臂説：「那麼你就不要離開了嘛！」

莎莉姐姐輕撫一下她的頭，耐心地解釋道：「你知道嗎？我在

這兒不知不覺已經八年，今年二十七歲，不再是當年的小姐姐了。我媽媽年紀大了，她唯一的心願，就是想看到我結婚生孩子，身為女兒的我，怎麼能不滿足她呢？」

「我明白。」謝海詩似懂非懂地點點頭，但隨即又嘟起小嘴說：「可是，我真的捨不得你嘛！」

莎莉姐姐輕點了一下她的鼻頭，取笑她道：「傻丫頭，即使我們不再住在一起，也不代表永不相見啊！你隨時都可以來印尼探我，也可以用視頻通話，不是嗎？」

海詩雖然還是不太樂意，但總算勉強點點頭，接受了這個無法改變的事實。

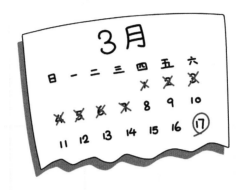

　　在接下來的日子，謝海詩很珍惜
跟莎莉姐姐相處的一分一秒，然而越
是珍惜，時光便好像過得越是飛快，
距離莎莉姐姐離開的日子，就只剩下
一個多星期了。

　　謝海詩很想為莎莉姐姐籌
辦一個特別的歡送會，讓她
可以有一個難忘的回憶。然

而，什麼樣的歡送會才是最難忘呢？

　　這天午飯後，當她托着頭想得出神時，吳慧珠走過來拍一拍她的肩膊問：「在想什麼呀？怎麼一臉懊惱的樣子呢？」

謝海詩撓了撓頭道：「莎莉姐姐下星期便要離開了，我在想應該為她籌備一個怎樣的歡送會呢？」

「這不是很容易嗎？我們來一場大食會便可以了！」吳慧珠不假思索地說。

文樂心拍一拍額頭：「你就只知道吃！」

吳慧珠向她做了個鬼臉，厚顏地說：

「反正無論是怎樣的歡送會，也必定
會有食物呀！」

江小柔忽然腦
筋一轉，笑眯眯地
說：「不如我們就
來個別開生面的派
對吧！」

第十一章 在離別的這一天

到了莎莉姐姐離開前的那天早上，文樂心、江小柔和吳慧珠特意帶着媽媽來到海詩的家，參加莎莉姐姐的歡送會。

她們一踏進大門，只匆匆地跟謝爸爸和謝媽媽打了招呼，便神秘地跟

海詩一起躲進睡房裏去，也不知道他們到底有什麼秘密的計劃，四位媽媽也只能相視而笑。

　　到了派對要開始的時候，一直躲在睡房裏的四個孩子才開門出來，不過走出來的不是人，而是四隻小動物，包括兔子、青蛙、小狗和猴子。

原來她們各自穿了一套以動物為造型的連身衣，並故意用連身衣的帽子蓋住頭部，不讓別人看到她們的臉孔。

　　媽媽們被她們弄得哭笑不得：「你們在裝神弄鬼的，到底要做什麼啊？」

　　她們異口同聲地説：「我們要莎莉姐姐猜一猜，誰才是謝海詩！」

　　莎莉姐姐從廚房走出來，看到她們那一身動物裝扮，不禁噗嗤一聲笑了出來：「你們怎麼回事了？」

　　她們見莎莉姐姐突然走了出來，

都緊張地「哇」的一聲轉過身去，然後並排地站着，其中扮成青蛙的那一位，故意淘氣地說：「莎莉姐姐，請你猜猜我們當中誰是海詩吧！」

莎莉姐姐掃視了她們的背影一眼，然後很肯定

地指着小猴子說：「猴子就是詩詩。」

　　大家一起把帽子揭開，假扮猴子的人果然就是海詩。

　　文樂心忍不住好奇地問：「我們四人的身高差不多，為什麼你能一猜便中啊？」

　　莎莉姐姐笑說：「這很簡單，因

為詩詩喜歡小猴子嘛！」

　　經她這麼一提起，吳慧珠記起來
了：「對啊，我記得上次麥老師帶我
們去訓練營時，便看過海詩有一隻缺
了手臂和眼睛的猴子呢！」

「莎莉姐姐真不愧是最了解海詩的人啊！」江小柔笑着鼓起掌來，其他人也跟着熱烈地鼓掌。

莎莉頓時有點不好意思地紅了臉，便藉口要把食物拿出來，急急地躲回廚房裏去。

大家歡樂地飽餐一頓後，謝海詩從睡房裏捧出一份包裝得十分精美的小禮物，送到莎莉姐姐跟前，一本正經地說：「莎莉姐姐，這是我用自己的零用錢買的，祝你新婚快樂！」

霎時間，莎莉姐姐有些受寵若驚，呆呆的不懂反應，直至聽到大家

起哄地喊：「打開看看嘛！」她才回

過神來，歡歡喜喜地把禮

物拆開。

盒子裏盛着一個手工精細的水晶花環，晶瑩剔透的水晶，在燈光的映照下顯得格外閃亮。

媽媽們都讚歎地說：「好漂亮啊，結婚時戴在頭上作裝飾，便最適合不過了！」

莎莉姐姐的一雙眼睛剎時閃着淚光，感動地連聲說：「謝謝你，詩詩！這是我收過最好的禮物。」

這天晚上，謝海詩躺在牀上，想着莎莉姐姐明天便要離開，整夜都輾

轉難眠，第二天一大早便起來，堅持要跟着媽媽一起出發去送行。

　　謝海詩一路上都默默無語，直到抵達機場，必須作最後道別的那一刻，她才忽然一衝上前，依依不捨地擁着莎莉姐姐説：「你不許忘記我，一定要打電話給我啊！」

莎莉姐姐聲音沙啞地説：「放心吧，一定會的！」

　　海詩表現得很堅強，一直目送着莎莉姐姐進入了離境禁區後，才終於流下了不捨的眼淚。

閘口 1-80, 501-530 ↓囚
Gates

離境
Depa

ure

第十二章 只要她一切安好

這天早上起來，謝海詩拭了拭惺忪的眼睛，便如常地一骨碌翻下牀來，預備走進浴室梳洗，誰知卻被媽媽在背後喊住。

「詩詩，難道你不清楚每個人起牀後最該做的第一

件事，就是摺被子嗎？」謝媽媽沉聲問。

謝海詩委屈地努了努嘴，說：「這些事以往都是由莎莉姐姐為我打點的，我怎麼會知道啊？」

謝媽媽點點頭，擺出一副很明白事理的樣子說：「哦，

那麼現在你知道了吧？從今往後，你自己的事，全都歸你自己管了呀！」

謝海詩還未來得及反應，謝媽媽又輕拍她的肩膀，意味深長地一笑說：「好好做吧！」便轉身走開了。

待海詩終於回過神來時，才發現自己中了媽媽的計，不禁拍一拍額頭

慘叫：「莎莉姐姐，救命呀！」可是無論她怎麼喊，莎莉姐姐也不可能再跑出來為她出頭，她只能接受現實。

同學們知道謝海詩不高興，於

是每天都會以各種不同的藉口纏着
她：「海詩，不如你陪我去圖書館找
書吧！」、「海詩，這道數學題怎麼
算？」、「海詩，拜託你幫我溫習英
文生字好嗎？」就連最愛跟她鬥嘴的
黃子祺，近來也事事順着她，沒有故

意找她麻煩。

　　沒有莎莉姐姐陪在身邊，雖然十分難過，但能有這班好朋友陪伴自己，謝海詩心裏也深感欣慰。

　　隨着日子一天天地過去，她逐漸適應過來，也慢慢學會了自己執拾房

間和摺衣服，偶爾還會幫媽媽做點簡單的家務，連媽媽也忍不住誇她長大了。

然而，在她的心中，還是會不時想念着從前跟莎莉姐姐一起的美好時光。

在謝海詩生日的這一天，她一大清早便梳理整

齊，穿上一條粉
紅色的新裙子，
鬈曲的長髮上綁着
美麗的蝴蝶結，把自己
打扮得漂漂亮亮地坐在客
廳，預備跟爸爸媽媽一起外出慶祝。

正在梳妝的謝媽媽，忽然從睡房
走出來，把自己的手機交給她：「詩
詩，有人找你。」

「找我？」謝海詩接過手機一
看，只見手機屏幕上出現的，竟然是
一張讓她牽腸掛肚的臉孔。

海詩驚喜地大喊：「莎莉姐姐！」

「詩詩，祝你生日快樂啊！」莎莉姐姐朝她笑着揮了揮手，然後便對着手機，開始唱起生日歌來。

看着眼前熟悉的臉孔，聽着那把久違了的聲音，海詩激動得無法言語，直至生日歌唱完了，才終於說出一句：「莎莉姐姐，謝謝你啊！你最近生活如何？新婚愉快嗎？」

「我很好啊，你看！」莎莉姐姐向她展示了一張新婚照片，從照片中那張燦爛的笑臉可以看出，她現在生活得很快樂。

海詩笑着點頭：「太好了！」

只要知道她一切安好，海詩便心
滿意足了。

鬥嘴一班
特別的家人

作　　者：卓瑩
插　　圖：Alice Ma
責任編輯：葉楚溶
美術設計：李成宇
出　　版：新雅文化事業有限公司
　　　　　香港英皇道 499 號北角工業大廈 18 樓
　　　　　電話：(852) 2138 7998
　　　　　傳真：(852) 2597 4003
　　　　　網址：http://www.sunya.com.hk
　　　　　電郵：marketing@sunya.com.hk
發　　行：香港聯合書刊物流有限公司
　　　　　香港荃灣德士古道 220-248 號荃灣工業中心 16 樓
　　　　　電話：(852) 2150 2100
　　　　　傳真：(852) 2407 3062
　　　　　電郵：info@suplogistics.com.hk
印　　刷：中華商務彩色印刷有限公司
　　　　　香港新界大埔汀麗路 36 號
版　　次：二〇一八年三月初版
　　　　　二〇二二年十一月第五次印刷

ISBN: 978-962-08-6995-2
© 2018 Sun Ya Publications (HK) Ltd.
18/F, North Point Industrial Building, 499 King's Road, Hong Kong
Published in Hong Kong SAR, China
Printed in China